洪範文學叢書 ⑨⓪

隔水觀音

余光中

洪範書店

目次

湘逝

——杜甫歿前舟中獨白

把漂泊的暮年託付給一櫂孤舟
把孤舟託給北征的湘水
把湘水付給濛濛的雨季
似海洞庭，日夜搖撼著乾坤
夔府東來浩汗是江陵是公安
岳陽南下更耒陽，深入癘瘴
傾洪濤不熄遍地的兵燹
溽鬱鬱乘暴漲的江水回棹
冒著豪雨，在病倒之前

向漢陽和襄陽，亂後回去北方
靜了胡塵，向再清的渭水
倒映回京的旌旗，赫赫衣冠
猶崢漢家的陵闕，鎮著長安

出峽兩載落魄的浪遊
雲夢無路杯中亦無酒
西顧巴蜀怎麼都關進
巫山巫峽峭壁那千門
一層峻一層瞿塘的險灘？
草堂無主，苔蘚侵入了屐痕
那四樹小松，客中殷勤所手栽
該已高過人頂了？　記得當年
蹇驢與駑馬悲嘶，劍閣一過
秦中的哭聲可憐便深鎖

在棧道的雲後，胡騎的塵裏
再回頭已是峽外望劍外
水國的遠客羨山國的近旅

十四年一覺惡夢，聽范陽的鼙鼓
遍地擂來，驚潰五陵的少年
李白去後，爐冷劍銹
魚龍從上游寂寞到下游
辜負了匡山的雲霧空悠悠
飲者佳杯，留下詩名和酒友
更偃了，嚴武和高適的麾旗
蜀中是傷心地，豈堪再回楫？
劫後這病骨，即使挺到了京兆
風裏的大雁塔誰與重登？
更無一字是舊遊的岑參

過盡多少雁陣，湘江上
盼不到一札南來的音訊

白帝城下擣衣杵擣打著鄉心
悲笳隱隱繞著多堞的山樓
窄峽深峭，鳥喧和猿嘯
激起的回音：這些已經夠消受
況又落花的季節，客在江南
乍一曲李龜年的舊歌
依稀戰前的管弦，誰能下嚥？
蠻荊重逢這一切，唉，都已近尾聲
亦似臨潁李娘健舞在邊城
弟子都老了，夭矯公孫的舞袖
更莫問，莫問成都的街頭
顧客無禮，白眼誰識得將軍

南薰殿上毫端出神駿？

澤國水鄉，眞個是滿地江湖
飄然一漁父，盟結沙鷗
船尾追隨，盡是白衣的寒友
連日陰霖裏長沙剛剛過了
總疑竹雨蘆風湘靈在鼓瑟
哭舳後的太傅，艫前的大夫？
禹墳恍惚在九疑，墳下仍是
這水啊水的世界，瀟湘浩蕩接汨羅
那水遁詩人淋漓的古魂
可猶在追逐迴流與漩渦？
或是蘭槳齊歇，滿船迴眸的帝子
傘下簇擁著救起的屈子
正傍著楓崖接我要同去？

幻景逝了，衝起沙鷗四五
逝了，夢舟與仙侶，合上了楚辭
仍蕭條隱几，在漏雨的船上
看老妻用青楓生火燒飯
好嗆人，一片白煙在艙尾
何曾有西施弄槳和范蠡？
野猿啼晚了楓岸，看洪波淼漫
今夜又泊向哪一渚荒洲？
這破船，我流放的水屋
空載著滿頭白髮，一身風癱和肺氣
漢水已無份，此生恐難見黃河
唯有詩句，縱經胡馬的亂蹄
乘風，乘浪，乘絡繹歸客的背囊

有一天，會抵達西北的那片雨雲下
夢裏少年的長安

六八・五・廿六

附註：杜甫之死，世多訛傳。《明皇雜錄》說：「杜甫客耒陽，頗爲令長所厭。甫投詩於宰，宰遂致牛炙白酒，甫飲過多，一夕而卒。」《舊唐書・文苑傳》說：「甫嘗遊岳廟，爲暴水所阻，旬日不得食。耒陽令知之，自櫂舟迎甫而還。永泰二年，啗牛肉白酒，一夕而卒於耒陽。」《新唐書》亦然其說。寖至今日，坊間的文學史多以此爲本，不但失實，抑且有損詩聖形象。

杜甫死後四十年，元稹爲之作銘，時在《舊唐書》之前，只說「扁舟下荊楚間，竟以寓卒，旅殯岳陽」根本不涉「飫卒」之事。其實牛肉白酒之說，只要稍稍留意杜甫晚作，其誣自辯。大曆五年，杜甫將往郴州，時值江漲，泊於耒陽附近之方田驛，聶令書致酒肉，杜甫寫了一首長達十三韻的五古答謝。果眞詩人一夕而卒，怎有時間吟詠一百三十字的長詩？而且詩中有句：「知我礙湍濤，半旬獲浩溔」，可見詩人斷炊不過五日，並非十日。其實一夕飫卒雖有可能，十日絕粒而不死卻違常理，世人奈何襲而不察。

答謝聶令的這首詩，題目很長，叫做〈聶耒陽以僕阻水，書致酒肉，療饑荒江；詩得代懷，興盡本韻，至縣呈聶令；陸路去方田驛四十里，舟行一日；時屬江漲，泊於方田〉。此詩寫成之後，杜甫還作了好幾首詩，在季節上或爲盛夏，或爲涼秋，在行程上則顯然有北歸之計。〈迴棹〉一詩說：「清思漢水上，涼憶峴山巔。順浪翻堪倚，迴帆又省牽。吾家碑不昧，王氏井依然……篙師煩爾送，朱夏及寒泉。」又說：「蒸池疫癘偏……火雲滋垢膩。」峴山在杜甫故鄉襄陽，足見此時正當溽暑，疾風又病肺的詩翁畏湖南溼熱，正要順湘江而下，再溯漢水北歸。〈登舟將適漢陽〉一首說：「春宅棄汝去，秋帆催客歸……鹿門自此往，永息漢陰機。」可見歸意已決，且已啓程。〈暮秋將歸秦留別湖南幕府親友〉一首又說：「北歸衝雨雪，誰憫弊貂裘？」則在季節上顯然更晚於前詩了。

也許有人會說，這只能顯示杜甫曾擬北歸，不能證明時序必在耒陽水困之後。但是仇兆鰲早已辯之甚詳，他說：「五年冬，有送李銜詩（按即〈長沙送李十一〉）云：『與子避地西康州，洞庭相逢十二秋。』西康州即同谷縣，公以乾元二年冬寓同谷，至大曆五年之秋，爲十二秋。又有風疾舟中詩（按即〈風疾舟中伏枕書懷三十六韻奉呈湖南親友〉）云：『十暑岷山葛，三霜楚戶砧。』公以大曆三年春適湖南，至大曆五年之秋，爲三霜。以二詩證之，安得云是年之夏卒於耒陽乎？」

前述風疾舟中一詩又云：「故國悲寒望，群雲慘歲陰，水鄉霾白屋，楓岸疊青岑。鬱鬱冬炎瘴，濛濛雨滯淫……葛洪尸定解，許靖力難任。家事丹砂訣，無成涕作霖。」可見杜甫之死，應在大曆五年之冬，自潭北歸初發之時。

右〈湘逝〉一首，虛擬詩聖歿前在湘江舟中的所思所感，時序在那年秋天，地理則在潭（長沙）岳（岳陽）之間。正如杜甫歿前諸作所示，湖南地卑天溼，悶熱多雨，所以〈湘逝〉之中也不強調涼秋蕭瑟之氣。詩中述及故人與亡友，和晚年潦倒一如杜公而爲他所激賞的幾位藝術家。或許還應該一提他的諸弟和子女，只有將來加以擴大了。

夜讀東坡

淅瀝瀝清明一雨到端午
暮色薄處總有隻鵁鴒
在童年的那頭無助地喊我
喊我回家去，而每天夜裏
低音牛蛙深沉的腹語
一呼群應，那丹田勃發的中氣
撼動潮溼的低空，時響，時寂
像裸夏在鼾呼。一壺濃茶
一卷東坡的詩選伴我
細味雨夜的苦澀與溫馨

魔幻的白煙嫋嫋，自杯中升起
三折之後便恍惚，咦，接上了
嶺南的瘴氣，蠻煙荒雨
便見你一頭瘦驢撥霧南來
負著楞嚴或陶詩，領著穉子
踏著屈原和韓愈的征途
此生老去在江湖，霜鬢迎風
飄拂趙官家最南的驛站
再回頭，中原青青只一線
浮在鷗鷺也畏渡的晚潮
那一望無奈的浩藍，阻絕歸夢
便是參寥師口中的苦海麼？
或是大鵬遊戲的南溟？
小小的惡作劇，汴京所擺佈
可值你臨風向北一長嘯？

最遠的貶謫，遠過賈誼
只當做乘興的壯遊，深入洪荒
獨啖滿島的荔枝，絳圓無數
笑渴待的妃子凭欄在北方
九百年的雪泥，都化盡了
留下最美麗的鴻爪，令人低迴
從此地到瓊州，茫茫煙水
你豪放的魂魄仍附在波上
長吟：「海南萬里眞吾鄉」
蜃樓起處，舟人一齊回頭
愕指之間只餘下了海霧
茶，猶未冷，迷煙正繞著杯緣
在燈下，盤，盤，升起

己未端午於沙田
（六八・五・廿六）

故鄉的來信

——悼舅家的幾個亡魂

陌生的郵票，猜謎一般的簡體字
一星期前在遠方投的郵筒
還帶著那古運河邊的漁港
有點腥味的水光和暑氣
和資產階級難斷的溫情
——說現在的日子是好過得多了
以前壓在那幫人的腳下
連氣都喘不過來（也眞是奇怪
以前來信怎麼沒聽說

「解放」後的日子有多不好過？）
——說四舅舅跟表哥八年前就死了
表哥是親手自斷的生命
好在表哥恢復了名譽，上星期
舅家的人又團聚在一起
爲他補行了追思典禮
（死了八年！爲什麼不早跟我說？
什麼叫恢復名譽？當初那名譽
爲什麼會喪失？爲什麼
又不許追悼，一直瞞到如今？）
——說，對了，還有小靈靈
有神童之譽的表弟，也死了
在一所精神病院裏，眼睜睜
沒有答案的天花板對著
等亞貞阿姨每週去探病

跳過路上裂口的山溝
去探她失魂的好孩子（爲什麼
好好的神童要發神經？
心臟病的老婦人爲什麼
臨死要練習跳遠，要跳，跳
跳過去，爲了對溝的另一個病人？）

爲什麼死了那麼多人，無助又無聲？
爲什麼死人要戴黑帽子
不名譽的黑帽子戴在墳上
無人敢祭的墳上，一戴就是八年？
爲什麼所有的謠言都證實
而悅耳的謊話全被推翻？
爲什麼？　爲什麼？　爲什麼？
握著短短的信紙，一連串爲什麼

問無知的郵票，無情的郵戳

於是蠢蠢然，在簡體字的背後
隱約湧來了騷動的人潮
佩著紅臂章，揮著血樣的小紅冊子
唸著符咒，呼嘯著口號
押著失魂的罪人，標語貼滿了一身
在燒書的顫動火光裏幢幢踐過去
踐過我夜夜的惡夢，夢裏的故鄉
踐過去，從嶺南到江南到驚悸的古長城下
踐過去，踐所有的毒草，今人和古人
瘋狂的嘴巴，厲呼著革命
——說那是爲了響應
一個「聖人」
從帝王的城堞上發出的神諭

六八·七·廿五

夜遊龍山寺

一尺半高的朽木老門檻
　提起腳跟
才跨進乾隆的年代

狹長的杉木桌，裂痕纍纍
　九個漢人
在條凳上四下裏坐開

杜後蹣跚的是守廟的老嫗
　文山包種

一壺五小盅端來了兩盤
茶香冉冉，緣石柱而上升
　一角簷外
幾閃疎星在海風裏浮沉
青釉的一排盆栽下蜷睏著
　嬌小的花貓
佛燈闌珊，觀音也睡了
珊珊卻說，還沒有睡著呢
　從香案側面
笑吟吟抽了張籤詩下階來
是終身大事吧，懷民嚷嚷

這觀音最準
珊珊說那是她跟觀音的秘密
笑聲一定驚動那銅鐘了
清玄一正色
說了句「神明之前無戲言！」
猛一回頭，神荼，鬱壘
一左一右
正袍甲森森鄙睨著我們

六八・八・十四

附註：八月八日夜裏，和懷民同遊淡水的龍山寺，寺齡二百歲，兼營茶座，香客寥寥。同座尚有薇薇夫人、殷允芃、林柏樑、林清玄和他的新娘等，我存和珊珊，共爲九人。

隔水觀音

——淡水回臺北途中所想

依舊是河聲入海，車聲進城
　輪滾現代
　　水歸永恆
依舊是水枕一覺的側影
依舊是最美的距離——對岸
　河流給岸看
　岸分給人看

行人看十里的妙相曼顏
隔水膜拜——目拜已半生
　出城是左顧
　回程是右眄
波際依稀是紫竹的清芬
三十年，在你不過是一炷煙
　倦了，香客
　老了，行人
映水的纖姿卻永不改變
伸手可及？　難忘黛髻和青鬟
　即遠在海外
　即恍在夢中

仍安慰我異鄉一夕的驚魘
讓高速公路在遠方呼嘯
　嘯響現代
　嘯醒未來
且拍你千年的小寐吧，海濤
讓行人都老去，只要你年輕
　讓地靈水怪
　讓一切貪頑
都俯首你普渡的悲憫
讓我心隨洲上的群鷺
　上下涉水

來回趁波
像一片白煙依戀在古渡
你無所回應，卻無不聽聞
喃喃的私禱
默默的請求
你一定全許了我吧，觀音？

六八・八・十五

割盲腸記

一連兩夜
害我痛到破曉的
原來竟是
這一截膿包

摸黑來犯
頂多是一件暗器
地下的行徑
不像英雄

壯士斷腕
烈士斷腸
森羅的手術臺上
斷我內患

是醫官，還是眾金剛？
是護士，還是諸菩薩？
爲我降魔
在蓮花燈下？

藥醒
妖擒
只留刀痕三寸
記我的新生

那醫官說
很理想的傷口呢
從此話要少說
也不宜咳嗽

我想，既然要說話
就得像話
怎能降級
做含混的呻吟？

而所謂咳嗽
捧著肚子低著頭
也只是半吞半吐的
雙關語法

讓理想的傷口
都貼上膏藥
我的這張
要用來唱歌

六八・八・十六

附註：八月十一日急性盲腸炎發作，狼狽入院。國防醫學院民診處手術高明，醫護周密，四日而癒。朋友多情，不免大驚小怪，紛往探視。一場小病贏來多般溫馨，所失者小而所獲者大，妙哉此病！所以病是生得的，不過要預加選擇。例如什麼慢性支氣管炎之類，纏綿日久，罪由自受，誰也不來疼你。要生，就生急性住院的病，最好還上手術臺，引刀一快，速戰速決；轟動親友，也有個形象確定的名目。至於詩中所言，多爲借喻，已少寫實，只望爲我伏魔的醫師護士等等會心一笑，不要誤解。

魔鏡

小時候最愛照鏡子
一莖青怯怯的水生植物
伸首在水邊
輕輕依戀
自己投夢的影子

要尋找什麼呢，到底？
情人嗎，被懲於烈焰？
詩人嗎，被祟於夢魘？
或者是鬚髮蝟怒的戰士

被嗆於硝煙？

是水銀窗呢？
還是水晶球？
只記得那轉動的瞳孔
向我灼灼地探來
卻看不見我

四十年後又來到了水邊
要尋找什麼呢，這次？
情人嗎，詩人嗎，或是戰士？
啊，都不是
只尋找我自己

那少年不見了

目光灼灼那少年
只見個霜髮逆風的陌生人
用疑訝的神色，冷冷
打量著我

六八・九・八

第幾類接觸？

盛哉夏夜，蛀天的繁星蝕地的密蟲
在暗裏都蠢蠢蠕動
凡被搔癢的耳鼓
都不會不聽到
漫山遍谷，貼近草根和泥土
細管短弦，此起彼伏的吹奏
那些六腳纖纖的歌手
夏夜，是昆蟲在趕市集
我的窗紗前也在開夜市呢

一罩窈窕的小檯燈
流蘇靜垂著淺紅
引來半個山坡的小飛蟲
在狹長的窗臺上降落
飛著，爬著，跳著
朝一弧緋色的光暈
興奮地膜拜著

從東坡集上我擡起頭來
粉蛾正密集成群
烈士一般輪番來蹈火
撞窗而墮錯錯落落的聲響
將我驚覺，看外面的窗臺
已成搶攻的陣地
翩翩而舞，蠕蠕而攀

蛾隊正來襲，前仆，後繼

半小時過去了，攻勢如故
狂熱的拜火教徒
揚鬚振翅，粉蛾交疊著粉蛾
驀地，我扭熄燈光
黑影幢幢騷動都靜止
只傳來遠處幽幽的清吟
我扭亮檯燈
叩窗的鼓譟又開始

不過是一盞燈罷了
竟召來這許多陌生的豪客
來伴我夜誦的孤寂
灰衣的小小探險隊

我怎會不歡迎？　我怎會
不聽見你們拍門的聲音？
不過是一盞燈罷了
窗外，窗裏，不同樣分享？

細絨的小肚子半透明貼在窗上
纖毫不留地坦露
向我驚喜而好奇的目光
在想些什麼呢，這些小肚子
在衝刺撲光的征途？
我猜不透，而窗內
我又在吟哦些什麼
小飛俠們，可聽得清楚？
蘇軾是誰？　北宋在何代？

我的小客人們怎麼能明白？
盛夏是它們的少年和老年
叢草是它們邃密的家鄉
北宋在何代？　蘇軾是誰？
怎能仰問健忘的星空？
燦燦的光年外
永恆是唯一的名字，啊，永恆
星飛著，蟲飛著，星與蟲之間
唯我無眠，這問題
對蟲太悠久，對星太短暫
對人，而所有的人都睡了
都沉入了仲夏一夢裏
——正迷惘之間，刺刺地
一隻金甲蟲六腳朝天

撲落托，猛掉在東坡的集上

金碧亮滑的背甲，狼狽地掙扎
一圈圈在桌面轉著陀螺
營營振翅的高頻率
情急搖擺的觸鬚
可憐蟲！我微笑地伸出手去
把疾轉的小玉墜子拾在掌心
六腳一陣子亂踢
輕輕地，我合上了手掌

我走到陽臺上
虛握著一把戳手的複肢
說一聲「你回去吧！」
五指一張，那自由的甲蟲

已投入夜的深處，像件暗器
那是我們的最初
也是最後的一次接觸
我對著夜色，不知道

這件事它會怎樣去解釋
對硬殼圓肚的同胞
——說，有一次跌進了強光中
被一尊巨靈捉去又放回？
那巨靈嗎？　也許叫光神
而不速之客，我的小俘虜
也忘了問它的名字
只掌心癢癢地尚有餘溫

而回顧窗臺，那飛蛾大隊

仍迎光在攻城

六八・九・九

山中傳奇

落日說黑蟠蟠的松樹林背後
那一截斷霞是他的簽名
從毯紅到燼紫
有效期間是黃昏
幾隻歸鳥
追過去探個究竟
卻陷在暮色，不，夜色裏
一隻，也不見回來
——這故事
山中的秋日最流行

六八・九・十六

奇蹟

忽然有一種叫秋天的奇蹟
降落在南方這玲瓏的半島
使瓜果一天比一天沉重
而卷雲一天比一天輕飄
——如果滑膩的青釉穹頂上
還飛著什麼白淨的纖維
能冒名叫雲的話。忽然
像誰的妙手對準了焦點
鱗鱗的細浪，浪外的層山
山外的遠海，橫海的長堤

凡難逃鷹眼一瞥的細節
都井井羅列在顯微鏡下
而輕飄飄的也不僅是卷雲
建築物陡峭的輪廓，白得陌生
在被蠱的藍色空間裏仰起
千窗睽睽齊對著淼茫
像巍峨的海船閃著新漆
每一口呼吸要不是深呼吸
貪饞的肺葉，豈不浪費
純金和燦藍鍊成的晴光？
這樣清醇的大氣，僅僅是吐納
也應成仙吧？　當松針滿地
遲生的蜻蜓和蝴蝶翩翩
流連於小陽春未寒的下午
這季節爲何如此地清醒

清醒得令人微醺？　我眞怕
好脾氣的太陽會寵壞了我們
把這例外的美耽成了習慣
到那時，忽然又一變
嚴峻的長陰沉下了臉
把雨雲當溼帽子戴在頭上
一天沉甸似一天

六八・十・六

贈斯義桂

第一次驟聽你詠歎的低音
鼓盪而深沉，在淡水河畔
將我的鄉情搖撼又搖撼
似水的琴音裏，你磁性的歌吟
搖船一樣搖我回對岸
搖籃一樣地搖我，搖我回四川
搖回那沃美的盆地啊搖籃
搖回抗戰的年代啊抗戰
搖醒熱血澎湃的從前

二十年後又見你在臺上
依然低昂，依然顫動著歌嗓
琴音似水，依然是紅綵妹妹
依然紅荳詞，滿江紅，嘉陵江上
掌聲如潮退了又再漲
唱不盡的老歌，永遠年輕
只白了少年頭老了歌者
偏是落花的季節又逢君
海景縱好非江南的風景

六八・十一・十五

戲李白

你曾是黃河之水天上來
　陰山動
　龍門開
而今黃河反從你的句中來
　驚濤與豪笑
　萬里滔滔入海
那轟動匡廬的大瀑布
　無中生有
　不止不休
可是你傾側的小酒壺？

黃河西來，大江東去
此外五千年都已沉寂
有一條黃河，你已夠熱鬧的了
大江，就讓給蘇家那鄉弟吧
　天下二分
　都歸了蜀人
　你踞龍門
　他領赤壁

附註：李白〈公無渡河〉有句云：「黃河西來決崑崙，咆哮萬里觸龍門。」其〈西岳雲臺歌送丹丘子〉又云：「西岳崢嶸何壯哉，黃河如絲天上來。黃河萬里觸山動，盤渦轂轉秦地雷。」至於〈將進酒〉之名句，更是無人不知。我認爲詩贊黃河，太白獨步千古；詞美長江，東坡凌駕前人，因此未遑安置屈原和杜甫，就逕尊李白爲河伯，僭舉蘇軾作江神。這兩位詩宗偏又都是蜀人。據考證，李白生於中亞之碎葉城，五歲隨父遷回中原，在四川江油的青蓮鄉長大，其後在詩中也一再自居蜀人。四川當然屬於長江流域：把中國兩大聖水都給了南人，對北人似乎有失公平。或許將來北方會出一位大詩人，用雄詞麗句把黃河收了回去，也未可知。寫於六十九年四月二十六日。

尋李白

——痛飲狂歌空度日
飛揚跋扈爲誰雄

那一雙傲慢的靴子至今還落在
高力士羞憤的手裏，人卻不見了
把滿地的難民和傷兵
把胡馬和羌馬交踐的節奏
留給杜二去細細的苦吟
自從那年賀知章眼花了
認你做謫仙，便更加佯狂
用一隻中了魔咒的小酒壺

把自己藏起，連太太都尋不到你
怨長安城小而壺中天長
在所有的詩裏你都預言
會突然水遁，或許就在明天
只扁舟破浪，亂髮當風
——而今，果然你失了蹤

樹敵如林，世人皆欲殺
肝硬化怎殺得死你？
酒入豪腸，七分釀成了月光
餘下的三分嘯成劍氣
繡口一吐就半個盛唐
從開元到天寶，從洛陽到咸陽
冠蓋滿途車騎的囂鬧
不及千年後你的一首

水晶絕句輕叩我額頭
噹地一彈挑起的回音

一貶世上已經夠落魄
再放夜郎毋乃太難堪
至今成謎是你的籍貫
隴西或山東，青蓮鄉或碎葉城
不如歸去歸那個故鄉？
凡你醉處，你說過，皆非他鄉
失蹤，是天才唯一的下場
身後事，究竟你遁向何處？
猿啼不住，杜二也苦勸你不住
一回頭囚窗下竟已白頭
七仙，五友，都救不了你了
匡山給霧鎖了，無路可入

仍爐火未純青，就半粒丹砂
怎追躡葛洪袖裏的流霞？

樽中月影，或許那才是你故鄉
常得你一生癡癡地仰望？
而無論出門向西笑，向西哭
長安都早已陷落
這二十四萬里的歸程
也不必驚動大鵬了，也無須招鶴
只消把酒杯向半空一扔
便旋成一隻霍霍的飛碟
詭綠的閃光愈轉愈快
接你回傳說裏去

六九・四・廿七

念李白

——我本楚狂人
鳳歌笑孔丘

現在你已經絕對自由了
從前你被囚了六十二年
你追求的仙境也不在藥爐
也不在遁身難久的酒壺
那妙異的天地
開闔只隨你入神的毫尖
所有人面鳥心的孩童
遠足一攀到最高峰
就覺得更遠的那片錦雲

是你髣髴在向他招手
現在你已經完全自由

列聖列賢在孔廟的兩廡
肅靜的香火裏暗暗地羨慕
有一個飲者自稱楚狂
不飲已醉，一醉更狂妄
不到夜郎已經夠自大
幸而貶你未曾到夜郎
愕然回頭儒巾三千頂
看你一人無端地縱笑
仰天長笑，臨江大笑
出門對長安的方向遠笑，低頭
對杯底的月光微笑

而在這一切的笑聲裏我聽到
縱盛唐正當是天寶
世人對你的竊笑，冷笑
在背後起落似海潮
唯你的狂笑壓倒了一切
連自己搥胸的慟哭
你是楚狂，不是楚大夫
現在你已經絕對自由了
儒冠三千不敢再笑你
自有更新的楚狂犯了廟規
令方巾愕然都回顧

六九・五・八

輓歌

眼前這一片浩浩的黃沙
是卡維爾沙漠，不是內華達
臥倒在沙場的，咦，也不是
頭插羽毛的印地安戰士
這裏是東方，不是西部
禱告時要求阿拉，非耶穌
他們的家在海的那邊
管家就坐在白宮裏面
他不能算是最佳的導演
要換了好萊塢來指揮

這八位好漢必全勝而歸
怎會永遠在烈日下酣睡？

六九．四．廿九

石胎

壓力之來，從羅盤上每一個方向
從每一寸肌腱，每一節筋骨，向我心臟
四肢百骸都軋軋在響
車輪戰瘋狂的漩渦，我在中央
只記得有一個地質學家的演講
說地下懷孕的石胎怎樣
用一整座火山的壓力和熱力
生出最最緊張的金剛石
比一切堅硬的寶石更吃硬
更無畏煉火的烈焰和溶漿

且對不同方向的壓力
用最冷最清純的光
射出那麼多面的反抗

六九・五・一

驚蛙

一陣霹靂雨喝醒了滿谷的新蛙
像突擊隊驟起於地下
把電臺先佔領了再說那樣
一下子就佔領了沙田
宣佈：現在是初夏

閣閣，鼓蛙聒，鼓蛙聒
鼓蛙聒，閣閣，鼓蛙聒
怪誕而憨頑，那集體的腹語
紋身蠻族拜雨神的頌歌

一整個兩棲部落，無數的下顎
在暗裏起起落落的白膜
低音的鼓盪裏，你聽
有清涼的水草，低空流竄著
花蚊群和昆蟲隊，千百億兆
那懵懂的生機你聽去
有一點可笑，和更多的可驚
萬蛙鬧靜，百無禁忌的爭鳴
這一片活著的寧靜
只喧給醒著的耳朵
滅燈，冥坐，入神地傾聽
——聒聒，鼓蛙鼓蛙蛙

應該有這麼一架
敏感而精緻的小錄音機

靈耳整夜地開放
向雨後裸露著的夏野
把滿谷的幼蛙，滿地的水氣
把溼空下蟲隊的蠢動和竄飛
把一切喑嗚和叱咤悉錄
然後減低速度或加速
重新把提高的音量播放
成懾人心魂的電子音樂
——鼓蛙聒，蛙蛙，鼓蛙聒
鼓蛙聒，閣閣，鼓蛙蛙
或許便分析得出
初夏的溼夢裏有什麼動機
而若浮若沉的青綠世界
在萍水和苔石之間
潛水歌手的潛意識裏

那高速吐射的雙叉舌尖
電動打字機一般
向麻臉星夜拍打些什麼密碼？

六九・五・三

扇

暑氣裏飛來的一隻單翼鳥
　向人耳畔
　鼓起一陣陣南風
無論你怎樣來回撲動
　左右掙扎
　都休想飛出我掌中
南方的單翼鳥啊，不須搖頭
　等中秋月圓
　風向一變
就讓你乘西風飛走

六九・七・三

五十歲以後

五尺三寸，頂上已伸入了雪線
黑松林疎處盡是皚皚
觸目驚心這一片早白
不是降旛，是仙凡的邊界
黑，是母胎所帶來，而白
是嚴峻的後母，造化，所配戴
古來有太多的壯士對鏡
畏雪峰太凜冽不敢獨登
不知一峰暮色裏獨白
是伸向死滅，或是永生

莫指望我會訴老，我不會
海拔到此已足夠自豪
路遙，正是測馬力的時候
自命老驥就不該伏櫪
問我的馬力幾何？
且附過耳來，聽我胸中的烈火
聽雪峰之下內燃著火山
聽低嘯的內燃機運轉不息
幾乎煞不住的馬力
踢踏千里，還有四百匹

六九・七七抗戰紀念日

競渡

二十四槳正翻飛，鱗甲在鼓浪
彩繪的龍頭看令旗飄揚
急鼓的節奏從龍尾
隔了兩千個端陽
從遠古的悲劇裏隱隱傳來
龍子龍孫列隊在堤上
鼓聲和喝采聲中
夭矯矯競泳著四十條彩龍
追逐一個壯烈的昨天

防波堤上的龍子龍孫
如果齊轉過頭去
也許就眺見驚波的外海
另一種競渡正在進行
後面是鯊群，海盜船，巡邏快艇
前面是難民船，也載著龍孫
斷橋上招展著破帆
在無人喝采的海上
追逐一個暗淡的明天

但堤上的觀眾正在喝采
對著堤內的港灣，灣內的龍船
對著傳說中的悲劇
背著上演中的悲劇
逆風的呼聲和哭聲，誰聽見？

而只要風向不變
龍船總不會划出海去，難民船
也不會貿然闖進港來
且盡興欣賞今天的競賽

庚申端午於沙田
（六九・七・十一）

苦熱

七月的毒太陽滾動著霹靂大火球
當頂一盞刑訊燈，眈眈逼視
無辜的北半球，要人供出
最後的一口氣，一滴汗
這世界遲早煮熟成雞蛋
落日是蛋黃，熱氳氳的大氣
是半凝固的蛋白，而到了夜裏
暑氛如暗絨貼人的肌膚
繁星在屋頂上起落不定
像一窠燥急的火螢，摩天樓群

你遮我擋成千萬座屏風
在死寂無風裏等待
灼傷的雀鳥落下地來
航空線縱橫的蜘蛛密網上
北緯的名城相繼陷落
只零零落落剩幾架電扇，冷氣機
夜以繼晝在圍城裏巷戰
汗衫都成了反穿的雨衣
酸雨從裏面下起，冰水一下肚
霎時便回到額上，背上，吐出
似有似無癢癢的一層薄鹽花
胴體胴體都自醃於宿汗
一尾尾的鹹魚，所謂睡眠
只是在昏昏的火坑上煎魚
煎熟了左面再煎右面

一夜反覆，只是夢總不成熟
最後總是慘白的曙色
絕望如一扇獄窗，又一天來臨
昨天的熟雞蛋今天再煮
炎陽瞋鎂光的巨瞳監視
大氣暈迷，被祟於千里的熱魘
摩千樓群在閃幻的光後
千門萬戶仍疊著蜃樓
把清風全阻在外面

小暑的第四天，苦旱正酷
靠在聲嘶力歇的冷氣機畔
一瓶冰水，一本史考特的傳記
冰水入喉蒸發成熱汗
沿兩頰蠕下，南極的英雄

卻頂著時速七十哩的冰風
領我深入灰天和白地，分寸必爭
一失足便雪葬無痕的峽谷
凍斃了絕糧的探險隊
一排長做冷夢的雪人
在永不融化的蠟像館中
任風的冰鑿子雕，刻著永恆
只恨那英雄凜冽的世界
不能借一把風矛或一枝冰斧
來破我酷暑的圍牆，我也
割不斷三尺蓬茸的暑毯
給寒顫的史考特做圍巾
蟬嘶曳著遺恨，朦朧之間
英雄的故事從手中落地
我的搖椅搖入了黃昏

忽然間天崩地塌什麼都搗下
熱帶的暴雷雨半夜來奇襲
第一瞥偵探的照明彈手
攝出驚愕失色的樹色
獰怪的雨雲密蟠在低空
霹靂一爆後在雲層裏反彈
滾不盡的回聲撞回聲，這雷霆前衛隊
發最準最快的火力，無所不摧
猛雷的重迫擊炮轟之下
十幾把高速電鑽，金光迸發
像太空戰士的連發激光槍
向暑氣的頑壁上打孔又穿洞
我衝到窗前觀戰，興奮的臉上
一瞥瞥刷過燃睫的金芒

奇襲在乍亮乍盲裏進行
嘯風和驟風的登陸部隊
從波上長驅而來，大軍浩蕩過處
街巷，原野，響徹了歡呼
炎旱的半月之圍一夜盡掃除
垂死之肺全恢復深呼吸
恣酣的雨聲中百千億兆的樹葉
舔唇搖舌饕餮清涼的快餐
雷隊在撤退，把戰後的陣地
給掃雷的雨兵去細細地清理
空隆隆重炮都拖盡了
遠方的雲洞裏也熄了電鑽

在雨樹甜甜的音樂裏，我笑了
一尾放生的鹹魚，煎熬過去

我泳向冰箱，取出一瓶
多沫的冰啤酒一口氣喝盡
天色還未亮，料東窗那匹毒太陽
是擡不起頭了，激戰後的四野
白濛濛的雨氣浮著安寧
聽，蛙群稚氣的歌聲
這一場天清地淨的豪雨
歡喜讚歎
原來不止我一人

六九·七·十四

弔諧星賽拉斯

彼德・賽拉斯，神頭鬼腦
愛拿人生來開些小玩笑
最後被並不幽默的死亡
開了個不能算小的玩笑
就直挺挺地僵在那裏
一縷孤魂卻回來探妻
像對死亡的玩笑開玩笑
賽拉斯，喜劇之寶
　死，要演戲

六九・八・十三

附註：彼德．賽拉斯英文原名爲Peter Sellers（1925-1980），臺港譯名各異。

廈門街的巷子

又一輪中秋月快圓的季節
秋已到巷口，夏還徘徊
在巷底那一排闊葉樹陰裏
這是全世界最隱秘的地方
從從容容地讓我走過
有迴聲如遠潮的時光隧道
卻驚見少年的自己竟從巷底
迎面走過來，一頭黑髮
滿眼閃著對巷外的憧憬
到巷腰我們相遇，且對視

感到彼此又熟又陌生
「外面的世界怎麼樣？」他問
表情熱切，有一點可笑
「到時候你就知道，」我笑笑
「有些事不如，有些事
比你想像的還要可怕」

橄欖核一般的初秋天氣
中間鼓，兩頭尖
響晴的早晚，在亮金風裏
能嗅到中秋月色和月餅
八千里路長長的月色
半輩子海外空空的風聲
該是月圓人歸的季節了
小雜貨店的瘦婦人迎我

以鄰居親切的舊笑容
「幾時從外國回來的？」
不知道這六年我那棟蜃樓
排窗開向海風和北斗
在一個半島上，在故鄉後門口
該算是故鄉呢，還是外國？
「回來多久了？」菜市場裏
發胖的老闆娘秤著白菜
問提籃的妻，跟班的我

這一切，不就是所謂的家嗎？
當外面的世界全翻了身
當越南亡了，巴拉維死了
唐山毀了，中國瘦了
胖胖的暴君在水晶棺裏

有四個黑囚蹲在新牛棚裏
只留下這九月靜靜的巷子
在熟金的秋陽裏半醒半寐
讓我從從容容地走在巷內
像蟲歸草間，魚潛水底
即使此刻讓我回江南
秋風拍打的千面紅旗下
究竟有幾個劫後的老人
還靠在運河的小石橋上
等我回家
回陌生的家去吃晚飯呢？

六九・九・十四
回國後第一首詩

紗帳

小時候的仲夏夜啊
稚氣的夢全用白紗來裁縫
圓頂的羅帳輕輕地斜下來
星雲霎霎的纖洞細孔
仰望著已經有點催眠
而捕夢之網總是密得
飛不進一隻嗜血的刺客
——黑衫短劍的夜行者
只好在外面嚶嚶地怨吟
卻疎得放進月光和樹影

幾聲怯怯的蟲鳴裏
一縷禪味的蚊香
招人入夢，向幻境蜿蜒——

一睜眼
赤紅的火霞已半牀

六九·十·五

烏絲愁

那年冬季，你耳畔的三千烏絲
像亞熱帶無助的柔蔓
飄溺於高緯無盡的冰風
最後落下了雪花，滿地的驚喜
那樣的處女白，你說
不忍就用腳印去觸犯
艾歐瓦的雪季天封地鎖
河堤的風景非白即黑
只能雕一幅木刻畫，刀意蕭瑟
起風的薄暮你最怕過橋

鄉愁偏向日落處升起
異國的雪城，哎，是望歸的邊堡
夢，是冷魘，醒也是冷魘
細小的一冊日記本
怎裝得下那樣曠闊的冰天？

柔弱的手掌心啊好冷
竟似還帶著當年
過橋的寒意，吹自波上
握別時惻惻地我想

此刻，卻已在北返的車上了
綠野饗目如油畫
日落處已不用鄉愁
而一種黃昏加回憶的溫柔

爲何一路追擊我
到新竹縣境？

六九・十・十

秋分

——姮娥操刀之一

鷹隼眼明霜露警醒的九月
出爐後從不生銹的陽光
像一把神刀抖擻著金芒
絕早便在東方的地平線
光動長空地赫赫然出鞘
愈舉愈高，愈高愈正
再高上去，高上去，到秋的頂點
地上，所有的鐘樓都高舉雙手
到不能再崇高的方位

萬鐘齊鳴的典禮
金芒一動，刀光霍霍落處
精確似幾何學家的神
把晝夜就這麼斷然平分
——了秋色

六九・十・十三

中秋

——姮娥操刀之二

一刀向人間，剖開了月餅
一刀向時間，等分了晝夜
爲什麼圓晶晶的中秋月
　要一刀揮成了殘缺？

刀鋒過處，落我們在兩旁
中間是南海千年的風浪
寞寞是我的白晝驚短
　悠悠是苦你的夜長

去年是圓月的光輝一牀
共看嬋娟今夕在兩岸
料我像晝會漸漸地消瘦
　你像夜會漸漸豐滿

從此夜長，夢恐怕會加多
單枕是夢的起站和終站
該你凌波而翩翩東來呢
　或是我乘風去西南？

一輪神光開萬戶的私鏡
姮娥是一切情人的投影
且將你的，用海雲遮住
　讓我夜深後來翻尋

附註：今年九月廿三日，秋分巧與中秋相合。這樣的巧合，上次是在民國三十一年，那時我還是個孩子，渾沌未開，更不知道未來的太太在何方。中秋爲家人團圓之夕，秋分爲陰陽一割之日，乃兼而有之，眞成美麗的矛盾了。六十九年十月十九日記於廈門街。

木蘭怨

聽說那無情的艾歐瓦河啊
像所有無情的河水，依然向東流
不留下一紋漣漪或一張
銹赭蛙紅的橡葉或楓葉
聽說河邊的新雪地上
像所有無辜的新雪地一樣
依然是靴印縱橫，或淺或深
交疊著各種護照的鄉愁
靴印多深，踏雪人的心事就多深
其中有一雙，特別的纖細

冒著沒頂的冰風，沿著河堤
那該是你的了，長統的嬌嬌
「是我去冬踩出的新跡，」你說
但深雪層下，噓，你靜聽
二十年前誰留下的足音？
孤獨的，嬌嬌啊，不僅是你
我的舊靴印伴你的新印
一路過橋去：藝術館前
紅磚的牆外靴印又遲疑
你仰起臉來，淡緋緋的花影
落在微汗的鼻尖上，頰上
那是兩樹木蘭的淺紅，你說
在水仙和知更鳥之前來迎接
下一場初春，這雪季，哎，也太長了
卻不覺滿樹迸發的冰葩和雪瓣

冷燄照亮你，嬌嬌，的眉眼
是我不朽的寂寞所燃燒

六九・十・十八

杏燈書

時常，在燈光晚熟的淺淺黃暈裏
　想你此刻在遠方
　也是脈脈與一燈相對
寫一封地老天荒的長信呢還是
　半側著你精巧的鼻子
　哼一首短短的歌？
那歌裏有沒有我呢？　那信裏
以洪荒爲背景的不限時信裏
　講的是我們的事嗎？

此刻，艷開如蕊的千燈又萬燈
　一一都黯了，讓秋空給流星
　　去揮霍驚歎的煙火

風裏的街燈和路燈都黯了，剩下
一盞是橘色，你的，在天涯
一盞是杏色，我的，在地角
橘火與杏光，誰是參宿誰是商？
伸海風的長手怕也難觸及
　　夜帝國的邊疆

綠玉色的電話機就蹲在黃暈裏
那麼靈馴的一隻音樂盒
　只要輕輕地撥動
十孔盤上那妙秘的六孔

輪盤輪迴地旋轉，便能接來
　你磁性的鼻音

一舉手便急診了長相思，這誘惑
太強了，眞怕華貴的習慣會養成
你笑聲的奇蹟該苦待一百年
　才翩翩地下降
十孔魔盤是候神的祭壇，怎敢
　亂撥長途去召喚？

在全世界的鼾聲裏，所有的屋頂
　都俯下身來守護
玻璃枕一般脆弱的薄夢
初秋的流星雨季，且莫關窗
或有飛碟群驚奇地降落，或有

我更驚奇的遐想

六九・十・二十

將進酒

客從海外來，帶一瓶白蘭地爲禮
一出空曠的桃園大機場
便把那金碧富麗的高頸瓶子
美酒贈名士的姿勢，獻到我手裏
讓這是可嚐雅客，最名貴的一級
說秋天到了，我高齋夜讀
也該斟一杯異國的佳釀
澎湃起熱血去抵抗這風寒
卻忘了風，是從海峽的對岸
而秋，是莽莽從北方的平原

從浪子打雁，英雄射鵰的天空
忘了他瘦友的憂胃愁腸
秋來就有種情緒在作怪
那毛病，是屈原和杜甫一脈所傳來
千年的頑症怎能就輕易
付給法國的白葡萄園
哪一季的收成，去代爲療醫？
握著金籤的可曬雅客，我想
長頸細口一吻的輕狂
豈能解中年之渴在深處？
豈能解中原之渴在遠方？
問縱橫的血管啊盤鬱的迴腸

六九．十．廿五

玻璃塔

怎麼千仞的寂寞啊把我禁錮
七層的一座玻璃塔
從星期一到星期七
一步一級
迴旋上升的玻璃梯
空洞的步聲踏向塔頂
看過境的青鳥匆匆
一隻，也不爲我停
透明的戍樓深深困我
而怎麼你只輕輕地一笑

玻璃之城便輕輕地一搖
你再輕輕地一笑
玻璃之城便重重地一震
斜成無可挽救的危城
而第三次的笑聲
震破了所有的玻璃窗
玻璃壁和玻璃牆
星期一到星期七
七層塔和千級梯
在你脆脆一笑
形成的音樂風暴裏
清靈靈鏘朗朗全塌了下來
玻璃雨落得滿地
從星期六那一層我跌了下來
玻璃雨裏

玻璃雨裏
玻璃雨裏跌
——下來
卻被你用一渦笑靨
輕輕，接住

六九·十·廿七

磁觀音

下次進香的時候，能不能夠
爲我靜止十秒鐘
像一尊凝定的觀音磁像？
讓我在時間的外面
細細地將你觀賞

最難抵抗你仰面伸頸
把一頭滑膩似海藻的髮絲
掠向耳後的那種手勢
像是夜空忽然一亮，露出

你滿月的臉龐
或是你靈動的水晶球
波光瀲灩地向我轉來
接是接不住的
盈盈的水色耀人臉頰
一滑，就溜了過去

那伶俐迅疾的水玻璃體
只要黠光一閃
半秒之內便取人魂魄
不相信那靈物竟能用眼科
什麼圖解來橫剖

三寸眼波，漾起一湖的漣漪

而最致命的是你
彎彎的眉尾，水上依依
失魄的迷路客怎走得出
那十里的柳堤？

下次再進香，能否關上
你太危險的磁場？
莫讓我因磁襲而受傷
我要藏你在一隻錦匣裏
像一尊磁觀音

容我細細地觀賞

六九·十·廿八

兩相惜

哦，贈我仙人的金髮梳
黃金的梳柄象牙齒
梳去今朝的灰髮鬢
梳來往日的黑髮絲
百年梳三萬六千回
梳是拱橋啊髮是水
流水沖斷了幾座橋？
橋下逝去了多少水？
梳去今朝的灰黯黯
梳回往日的亮烏烏

哦，贈我仙人的金髮梳

我就會贈你銀耳墜
盪在玲瓏的小耳垂
守住珍貴的紅靨渦
像對辟邪的小守衛
守住唇邊的淺淺笑
和你眉下的好風景
不許時間的間諜隊
佈下細細的魚尾紋
或是額上的隱隱溝
將你的嫵媚暗暗偷
哦，我就會贈你銀耳墜

六九・十一・九

附註：右〈兩相惜〉一首，純為譜歌而作，題名〈兩相惜〉，也有意遙攀古典，招惹樂府的聯想。近日詩壇，格律詩似有漸興之勢，加以民歌日盛，也需要比較工整的歌詞。在〈兩相惜〉中，我自己設限，每句八字三節，句末三字自成一節，通篇如此。一般新詩，包括新月派的格律詩，句末多為兩字一節，像〈兩相惜〉這麼句末全為三字一節（例如「金髮梳」、「象牙齒」、「灰髮鬢」、「黑髮絲」……）可謂絕少絕少。節奏上這樣的特殊安排，希望敏感的譜曲人不致錯過。

水仙緣

一向懷疑
風裏嫋嫋的你
是原籍江湖的
水仙轉世

所以不敢隨便
帶你到水邊
怕湖岸或河堤
你會逸去

直到那天看你
斑馬線上
翩然踴過街去
方才驚悟

水逸之外
你也會土遁
眞想不顧天機
把你種在

白膩的磁缽裏
留待夜深
燈下細看
像好乖的盆景

六九・十一・十七

空城夜

你走後千街萬巷這鬧市
——高速公路的首站
　海外新建的長安
一下子靜成了一座空城
留下送別獨歸的那人
在車水馬龍的紅磚岸上
震耳欲聾的大寂寞裏
恍惚於一股水仙花的暗香
沿著你纖纖的足印
朝西南那方向

逐漸淡去

而一到夜深，繁樓複窗
一叢叢，一簇簇，流漾的燈火
相繼被海風吹滅了
黑暗彎下腰垂下髮來安慰
這空城所有的屋頂
你偶爾留下的指紋
在我腕上，便夜光錶一樣地
幽幽亮起，證明所謂奇蹟
（都眞的來過了呢）
也並不是
絕對不可能發生

六九．十一．十七

電視機

一架老電視機，守在牆角
寂寞的螢光幕上
曾因卡特的形象
顯得有一點光芒
一直想把那電視機換掉
不料先換了幕上的人像
一架老電視機，還在牆角

六九・十一・廿四

蛾眉戰爭

傳說你彎彎的蛾眉尖上曾挑起
一場，哎，淒麗的七年戰爭
——九曲荷廊的迴處，最初
無意間你怎麼轉眸一回顧
就把三位宮廷名畫師
捲入了丹青的論戰：第一位
說那是柳尾斜依著水湄
第二位說是雙橋凌波
而脾氣最剛烈的第三位卻說
當然是青山兩痕的隱隱

浮在江上，像漁歌的背景
最後是引來了滿朝的將軍
舌鋒挑起了劍鋒
美學演變成武學
辯論轉劇，聽三派的聲浪
聽沸騰的噪音，柳派，橋派，山派
繞畫棟的蟠龍飛旋而上升
驚動鄰院的鸚鵡和宮女
看畫師揮筆，將軍按劍
你躲在雕花屏風的後面微笑
孔雀扇半遮住惹禍的眉毛
艷翎眨著一百隻翠眼
看三個隱喻怎麼就釀成
有名的蛾眉戰爭

乘天下大亂，列國正交兵
在你致命的眉心偷得一吻
——好險哪！
幸而各路英雄都陷於苦戰
沙塵滾滾，誰也沒留意
連架上那鸚鵡也不曾留意
你手上的咖啡銀匙清鈴鈴一聲
落在那本
有插圖的古典小說上

六九・十二・二

水仙鄉

常想二十年後
水仙的心事當在
江湖上漾開
那哀麗的旋律
是笛聲婉轉
自水面傳來

卻怕那時遍地
都成了高速公路
何處更有

鷗鷺的江湖
讓笛聲悠悠指引
水仙的歸宿？

那時便該問
你照過的鏡子
——渾圓與橢圓
問它的水邊
可曾水仙
留下蹁躚的影子？

圓的如月
曾見你笑過
扁的如缺
曾見你惱過

水銀封底的玻璃
全未忘記

我的瞳眸
是江湖而至小
我的詩呢
是江湖而至渺
你的小名，水仙啊
則是那笛聲

六九・十二・廿四

春天渡過海峽去

冷鋒削面的黃昏
高樓遠眺
猛烈的西北風裏隱隱
有臘梅古香的消息
從陌生的故鄉吹來
——那刻骨穿心的清芬
紅衞兵的呼喝和蹂躪
唐山痙攣的地震
再也驅不散的清芬
淩江越海，自對岸吹來

臘梅是早春的第一胎
雪衣人所接生
春天你爲什麼還不動身呢？
即使遠自長城
自古運河邊的一個小鎭
每到黃昏，七點五十分
那手揮魔杖的氣象報告員
卻向一圈圈的渦紋裏
指指點點，說南下
是冷鋒，是寒流，不是春天
——春天動身的時候
是北上，自我們這邊

當鷗輕帆暖，風向回轉

看旗在我們的頭上
在上風處抖擻地飛揚
春天便從我們的島上
吹過海峽

如果你驚見翩翩的蝴蝶
日夜不斷絕
像誰在野燒亂霞和迷虹
照艷了海峽的上空
那便是我無盡的祝福
正向西飛渡

七十・二・一

水仙節

綻最晚的燦爛
向最早的嚴寒
你冷艷的生日
偏在隆冬

凌波而來
伴我高樓夜詠
無端的驚寵
疑是聊齋

向最長的冬夜
把高貴的芬芳
吹笛一樣
細細地傾吐

你纖纖的身世
不滿一握
心事也寄在
清淺的一缽

看燈下悿脈脈
水上悿楚楚
動人處不在肌膚
在風骨

雞年的元夜
雞心的相思
二月十九和十四
水仙的日子

然後便是殉情了
空餘一缽
嫋嫋的迴聲
仙渺，波冷

讓喧桃和囂李
爭一個花季
你永恆的磁缽
在我心裏

七十・二・三

附註：二月十九是今年的元宵；二月十四日是西俗的情人節（St Valentine's Day），以雞心爲標記。中國的情人節應在七夕，但從朱淑眞的「去年元夜時」和姜夔的「巷陌風光縱賞時」等詞看來，元宵也有這種味道。

風鈴

我的心是七層塔簷上懸掛的風鈴
　叮嚀叮嚀嚀
此起彼落，敲叩著一個人的名字
——你的塔上也感到微震嗎？
這是寂靜的脈搏，日夜不停
你聽見了嗎，叮嚀叮嚀嚀？
這蠱人的音調禁不勝禁
除非叫所有的風都改道
鈴都摘掉，塔都推倒
只因我的心是高高低低的風鈴

叮嚀叮嚀嚀
此起彼落
敲叩著一個人的名字

七十・二・七

雨傘

黑湫湫的一大群蝙蝠
喑啞又盲目
展盡你骨稜稜的翅膀
也只能貼地飛的
倒掛的烏衣幫啊
像眾魂驚醒於清明
一陣大雷雨
便從家家戶戶的門背後
一隻又一隻
撲了出來

七十・三・十九

刺秦王

寒光一亮，鏘地一聲響
那凜凜冰刃在峻挺的銅柱上
已透進了三寸，仍在搖晃
徐夫人那劇毒的匕首
一片青芒，被田光的瀝膽
被樊於期的濺血所淬亮
被燕太子羞憤的目光
縷血就喪命？　卻註定不能夠暢飲
那蜂眼暴君的腥血，讓六國稱慶
只能高懸在咸陽宮柱上

像一面悲哀的鏡子，照著
那獨夫在喘氣，斷袖的手中
還橫著長劍，一滴滴，刺客的恨血
照著那刺客倚柱而箕踞
斷了，左腿，敗了，壯舉
空流了太子的熱淚，一滴滴
隨森冷的易水，辜負了渡頭
風裏衣冠肅靜，一座似霜雪
鏗鏗慷慨叩筑的聲裏，幾人在垂涕？
幾人的鬚髮蝟怒成亂戟？
朝落日的方向幾人按劍
瞋目裂眶，睥睨著咸陽？
看匣裏，亡命將軍的斷頭
是白斷了，瞑目又奮張

看上不得場面的那秦舞陽
臉色驚怖，猶自在顫抖
藥囊散地，半開半捲的地圖
半截餘悸的斷袖正遮住
時機未到，秦德正如水
勝利的黑徽在順風裏飄揚
看他，無助地獨靠著銅柱
血從傷口大口地噴出
此生，咳，已不能再回燕市
和屠狗的弟兄們醉裏悲歌
只留下，發光的一個名字
燙痛六國志士的嘴唇
遍天下的豪傑啊，誰來救他？
重瞳還正在學書學劍
隆準在市上還醉臥未醒

破關的，誰料到，是這兩個少年？
陳勝幾時才結交吳廣？
亡國已三年，可恨那韓公子
幾時，才找到狙擊的力士？
百二斤重的大椎劈空一揮
也不到這暴君的冕頂
博浪沙，天色還未明
橋上正候著那褐衣的老人
鞋踢在橋下，兵書揣在懷裏
說星羅一天，棋佈滿地
這一局陰幢幢的長夜一過
贏家的棋變輸家的棋
關外所有的公雞都在等
第一發曙光從千面黑旗下
赫赫地轟出

看那把匕首斜插在柱上
猶在閃動歷史的鏡子
隱隱，有楚兵千炬的影子
而在六國吞恨的哭聲裏，不久
也要隨民間搜集的兵器
鑄成十二座緘口的金人
預言，是再也不說的了

七十年清明節於廈門街

附註：在這首詩裏，我設想當日荊軻生劫秦王不成，反為所創，倚柱待斃那一剎那的情況，並據以推測日後歷史的發展。設想所本，俱見史記。荊軻「提一匕首入不測之彊秦」，壯圖未舉，已先犧牲了田光和樊於期兩命；既敗，又斷送了自己和秦舞陽，不久更賠上了燕太子丹和高漸離，眞是壯烈。秦祚雖短，始皇帝雖終日惴惴，恆在死亡的憂懼之中，但在他生前，刺客卻屢不得手。如果此時荊軻知道在他之後還有高漸離和張良的力士也都行刺失敗，他會有什麼感想？希特勒，史達林，毛澤東等暴君都不曾被刺，死於狙擊之手的反而是林肯、甘地、甘迺迪一類的賢人，眞是一大諷刺。荊軻當然無由得知他日亡秦者，自有項羽、劉邦、張良之輩。其後二十一年，諸侯兵始入關。荊軻刺秦之時，張良國破家亡，正募力士，亦有逞於一擊之計，但授他兵法的圯上老人，當知未來之事。因此我在詩中特別強調這位黃石公，以寬荊卿之恨，而伏亡秦之機。「贏家的棋」語帶雙關，因爲「嬴」和「贏」同音，暗射始皇之名嬴政。「黑徽」的意象來自〈秦始皇本紀〉所載：「始皇推終始五德之傳，以爲周得火德，秦代周，德從所不勝。方今水德之始，改年始，朝賀皆自十月朔。衣服旄旌節旗，皆上黑。」

木棉花

一場醒目的清明雨過後
滿街的木棉樹
約好了似的，一下子開齊了花
像太陽無意間說了個笑話
就笑開城南到城北
那一串接一串鑲黑的紅葩
看亮了行人道上的眼睛
烘熟黃昏的街景

雨水溫潤的木棉花季

聽咕咕又嘀嘀
鵓鴣鴣野地裏的腹語
日夜沿著高速公路
勃勃的早春乘興正北來
那揮霍顏彩的花童
就亮起臺北的千盞紅燈
也怎能擋他得住？

想這時，另一座城裏
橘紅紅暖烘烘的木棉花下
該有個行人走過
而如果正好有一朵
飄飄落在她新沐的髮上
也不要跟她講是誰所授意
木棉花啊暖紅紅

也不要跟她講

七十年清明節

尋你

眾裏尋你千百度
撥開陌生的面孔，一張張
剝開茂生的花瓣，一層層
夢裏尋你千百度
黯然正四顧
猛一回頭
驚喜你一笑，咳，好粲然
恰在蕊心處

七十·五·十一

穀雨書

穀雨酥酥，出門一步就江湖
一把美濃的油紙傘
撐起了低低的鷓鴣天
淅瀝瀝點點滴滴清明到端午
和平東路剛剛才下午
廈門街側側斜斜的巷子
怎麼已經探進了薄暮？
而一到了夜裏，鄰里寂寂
凡有樓的都上了樓去
凡有燈的都守在燈旁

凡有窗的都放下了窗紗
而凡是寫信的呢，都朝著遠方
——更何況，此刻已夜深
窗紗低垂，燈在樓上
寫信的人正守在燈旁
信呢是愈寫愈深長，像這雨巷
只因爲，巷底的郵筒說
　　你在遠方

七十・五・十二

梅雨箋

梅雨淒淒
要將春泥
踏出多少個足印
才能接上
你纖纖的足印？

你卻只用
一隻信封
就飄然載來了
多少指紋

接我的指紋？

方的郵票
圓的郵戳
只輕輕地一敲
扁扁的心情
就留下了印烙

梅雨紛紛
泥濘滿城
你乳白的信紙
像隻鴿子
降在我掌心

如果信箋

是藍色而淺
那就有一隻青鳥
從你樓上
飛來人間

七十・五・廿二

寄給畫家

他們告訴我，今年夏天
你或有遠遊的計劃
去看梵谷或者徐悲鴻
帶著畫架和一頭灰髮
和豪笑的四川官話

你一走臺北就空了，吾友
長街短巷不見你回頭
又是行不得也的雨季
黑傘滿天，黃泥滿地

怎麼你不能等到中秋？
只有南部的水田你帶不走
那些土廟，那些水牛
而一到夏天的黃昏
總有一隻，兩隻白鷺
髣髴從你的水墨畫圖
記起了什麼似地，飛起

——七十年五月二十八日夜
於廈門街的雨巷

贈壺記

一隻暗赭的功夫小茶壺
問我爲什麼要送你
笑而不答，想這是天機
且留點兒餘地吧，十年後
你自會參破這玄秘

那時的臺北，紅塵毒霧
數不盡的蜃樓和迷宮
一叢叢，立錐在何處？
盤盤蟻穴你在第幾層？

囷囷蜂窩我在第幾孔？

到那時高速公路上，吾友
盔磨甲撞爬多少的龜群？
國際機場像雨後的蓮塘
能憩多少點水的蜻蜓？
還有摩托車的蝦隊

到那時，該去冷僻的街尾
像牯嶺街吧，去尋找一家
藥香淡淡的中醫店鋪
向簷前，或是向匾下懸掛
悠悠這土氣的小壺

每到黃昏，垃圾車叮噹過後

等千門萬戶，正街和斜巷
都神遊方盒子裏的螢光
我們就，噓，別讓人撞見
跳入壺中的洞天

跳入壺中的天長地久
去龍蟠蛟蜿的古松樹根
一局閒棋，腳下落幾層松針？
或是蟬聲裏一惚午睡
驚醒於中秋的冰輪

第二天乘所有的早報
還沒有飛過圍牆，所有的旗
還沒有升起，隔夜的日曆
還沒有撕下，誰也沒注意

那風裏微盪的小壺
壺嘴一張，就輕輕地吐出
白蝶是你，青蟲是我
——一隻不起眼的陶壺，送你
蓋裏三寸有乾坤，小心收起
莫教妄人失手給打破

切記，啊切記

七十·六·一

圍城日記

七晝夜巷戰一般的雨勢
因黃昏而加強
這滂滂與沱沱永不休止
雨傘和雨衣全已重傷
而朝西的一面小樓窗
還能夠爲我抵擋
爲我抵擋到幾時？　囂鬧中
支撐我守在這燈旁
成拒不投降的將軍
是你一封遲到的信

生機所附的一緘情報
正從滔滔千重的風旗雨陣外
英勇的軍鴿，飛啊飛
向圍城裏飛來

七十·六·七

祝福

幾乎是每一次，停步在街角
看一群藍褲子黃帽子的國小學生
揹著書包，跟同伴說著笑
在斑馬線上列隊走過
高班生手裏的方旗子横著
擋住滿街的車輛和行人
讓那些興高采烈的小孩子們
一步三跳地湧過了街去
——就不自禁地要流下淚來
似乎這輕快的行列

正踏向明日的中國
而對街的林蔭特別的青翠
對街的陽光特別的晴美
那時，海峽的兩岸，就像這街的兩岸
風裏，揚著同一面國旗
旗下，唱著同一首國歌
歌聲裏的面孔，十萬萬張
是仰望慈祥可親的國父
不是日爾曼的鬍子，斯拉夫的鼻子
不是列寧裝裏肥胖的獨夫
——於是這活潑潑的小小隊伍
跨過這斑馬線，跨過海峽
帶著我們的叮嚀和祝福
而一切車輛都必須停下來讓路
只爲那天眞而稚氣的步伐

那樣無畏又無辜
是向明日的中國出發
而那，是什麼力量也阻擋不住

七十・六・十五

髮神

——席慕蓉畫中所見

藐姑射山有一個神女
無常的仙踪來去如謎
只驚見一頭秀髮嫋嫋地飄起
又飄落，把寂寞的天地
飄滿她烏絲纖纖的浪紋
和波影迴處，淡淡的荷香
當她思念我，那千億萬億的柔絲
愈吐愈長，便沸沸滾動
掀起黑洞一般盤盤的漩渦

要把人捲到穠密的洞底
無論我遠到地角或天涯
都逃不出那髮神的神髮
向我伸來的恢恢髮網
寂寞的空間浮動荷香
恍惚中，風，有多長，髮就有多長
每一陣風來時
都讓我仰面，閉眼
領受她細細的髮尖
在有意，無意間，將我拂癢

七十・六・十八

聽蟬

知了知了你知不知
在我午夢的邊邊上
是誰，一來又一往
拉他熱鬧的金鋸子
鋸齒鋸齒又鋸齒
在我院子的邊邊上

知了知了你知不知
島上的夏天有多長
多長是夏天的故事

鋸齒鋸齒又鋸齒
拉你天眞的金鋸子
試試夏天有多長

知了知了你知不知
島上的巷子有多深
多深是巷子的故事
拉你稚氣的金鋸子
鋸齒鋸齒又鋸齒
試試巷子有多深

知了知了你知不知
去年夏天是哪一隻
歡迎我回到古亭區
鋸齒鋸齒又鋸齒

拉他興奮的金鋸子
迎接我回到古亭區

知了知了你知不知
同樣是刺刺又嘶嘶
去年聽來是迎接
拉你依依的金鋸子
鋸齒鋸齒又鋸齒
今年聽來是惜別

知了知了你知不知
永恆的夏天多永恆
夏天的後面是秋季
鋸齒參參又差差
可憐短短的金鋸子

只怕拉不到秋季

知了知了你知不知
秋季來時這空巷子
不見我也不見你
歇了，熱鬧的金鋸子
斷了，鋸齒與鋸齒
秋季來時這空巷子

七十・六・三十
離臺前夕於廈門街

後記

余光中

《隔水觀音》是我的第十三本詩集，也是我來香港後的第二本詩集，但寫作的時間前後只有兩年，還不到上一本詩集《與永恆拔河》的一半，「增產」的現象令作者高興。這本集子在時間上自成一局，因爲在〈湘逝〉之前的四個月，我一直無詩，而〈聽蟬〉之後的停筆，更長達九個月之久。另有一個特點，便是這兩年之中，前一年我在沙田，後一年卻在廈門街。但是作品的數量卻不是港臺平分：前一年中的作品裏，〈故鄉的來信〉，〈夜遊龍山寺〉，〈隔水觀音〉，〈割盲腸記〉四首，卻是那年暑假回廈門街所寫，加上〈廈門街的巷子〉以後的作品，共爲三十五首，份量約爲此集的三分之二。沙田的山精海靈，對我的繆思原也不薄，但廈門街的那條窄長巷子，詩靈似乎更旺。

一九八〇年八月底，我在中文大學教滿六年，儲足了十二個月的休假，便回到師範大學去客座一年。師大原是我揮灑粉筆灰十多年的「故校」，但久客回鄉，回鄉作客，尤其是從直行的中文系，六年之後，再回到英文橫行的世界，竟有一點情怯，哎，有一點怕生了。那當然只是短暫的敏感；同事的可親，同學的可愛，很快就把我融化了。回想起來，那一年的經驗眞是十分愉快，也十分忙碌。除了英語系的行政工作之外，我到其他學校去演講的次數，平均每月三次，所以寫作的時間不多，作品的篇幅也比前一年的爲短，沒有像〈湘逝〉和〈第幾類接觸？〉那樣的份量。最令我高興的，是回到廈門街二樓的那間大書房，也就是〈將進酒〉裏夜讀的所謂「高齋」。比起我在沙田的書房來，雖然外景大遜，內景卻較佳，空間也寬敞不止一倍，而最可貴的，是六七年前《白玉苦瓜》裏的作品，都是在那張書桌上，那扇綠陰陰的長窗下寫成。書以「隔水觀音」爲名，寓有對海島的懷念。「觀音」不但指臺北風景焦點的觀音山，也指整個海島，隱含南海觀音之意，所以「隔水」也不但隔淡水河，更隔南海的煙波。

在主題上，直抒鄉愁國難的作品減少了許多，取代它的，是對於歷史和文化的探索，一方面也許是因爲作者對中國的執著趨於沉潛，另一方面也許是六年來身在中文系的緣故。無論如何，《白玉苦瓜》的時代恐怕寫不出〈湘逝〉這樣的詩來，甚至也不會有〈夜讀東坡〉和〈刺秦王〉之類的作品。寫這類作品，對作者的見識和想像是一大考驗，並非僅憑資料和知識，用白話來講古事就能奏功。同樣的一堆資料，哪些可以入詩，哪些不可以入詩，而可以入詩的，哪件應該爲主，哪件只宜爲副，要靠一點見識。而根據已有的資料在情理上揣摩某些應有的心理反應和戲劇場面，卻需要一點想像。我在處理古典題材時，常有一個原則，便是古今對照或古今互證，求其立體，不是新其節奏，便是新其意象，不是異其語言，便是異其觀點，總之，不甘落於平面，更不甘止於古典作品的白話版。例如〈湘逝〉最後的五六句，寫的雖然是杜甫，其中卻也有自己的心願，而且暗寓了藝術比政局耐久的信念。文化渡海，淺者在前：最先是歌，然後是小說，最後，當然是詩。在另一方面，寫今人今事，我又常用古人古事來印證。例如〈贈斯義桂〉的末三句中，凡熟習杜甫七絕的讀者當然都看得出，今之歌者幾乎和李龜年疊而爲一了。這樣的做法，與其說是一種技巧，不如說是一種心境，一種情不自禁的文化孺慕，一種歷史歸屬感。

這種歸屬感，包括〈夜遊龍山寺〉、〈隔水觀音〉、〈廈門街的巷子〉、〈寄給畫家〉等詩中對海島的眷念，固已久成我的基本心境，但我的作品也有意朝不同的方向探索，包括超文化超地域的層次。集中某些作品，如〈魔鏡〉、〈第幾類接觸？〉、〈驚蛙〉、〈秋分〉等都歸此類。這類作品全靠本身的觀察、反省、想像，不能像古今互證的詩那樣利用聯想、影射、對比等等滾成一個大雪球，但是好處在不受民族傳統的限製，較能打動不同文化背景或是「沒有學問」的讀者。這一點分別，意義頗不尋常。一位中國的現代詩人，面對菊花，如果只能想到陶潛，他的知性和感性未免太狹窄，太因襲了。所謂「無字無來歷」，未必是好事。當然，在能人的手裏，寫菊而及於陶潛，仍然可以順勢滾雪球，或者翻案作文章，得到一首好詩。但是不如乾脆把陶潛忘掉，去追求一首「無字有來歷」的新詩。

在語言上，我漸漸不像以前那麼刻意去鍊字鍛句，而趨於任其自然。六十年代的詩追求所謂張力，有時到了緊張而斷的程度；七十年代矯枉過正，又往往鬆不成弦，連壞散文都說不上。緊張的詩不容易寫得恰到好處，所以六十年代眞能傳後的作品不多。另一方面，恬淡的詩也難恰到好處，今日許多標榜樸素的作品，其實只是隨便與散漫而已。我敢斷言：今日許多以詩自命的三流散文，其淘汰率不會下於六十年代那些以詩爲名的魔咒囈語。今日的詩人徘徊於此兩極之間，一陣緊來一陣鬆，緊得透不過氣來，鬆得又有氣無力，眞是不知所從。只有少數豪傑之士，能在其間取得平衡，做到緊而不窒，鬆而不散。蘇軾論陶潛說：「淵明作詩不多，然其詩質而實綺，癯而實腴。」這句話值得今日追求大眾化的淺白論者仔細思索。眞正的樸素，不是貧窮，而是不炫富，不擺闊。今日我在語言上嚮往的境界，正是富而不炫。

六十年代的現代詩刻意經營意象，頗有驚人之句，卻少圓融之篇，於是有人說，現代詩的聲調有待鍛鍊。可是十幾年下來，眞正在聲調上努力的詩人仍然不多，因此現代詩的節奏，多半失之零碎、草率、含糊、生硬，缺少個性，更少變化。一氣呵成的痛快，一唱三歎的低迴，長句的奔放，短句的頓挫等等，仍有待現代詩人去追求。一般的現象卻是漫不經心，不是零亂的發展，便是機械的安排。其實詩的節奏正是詩人的呼吸，直接與生命有關。年輕時我寫了不少分段詩，進入中年之後，不知爲何，竟漸漸發展出一種從頭到尾一氣不斷的詩體來，一直到現在這詩體仍是我的一大「基調」。其來源，恐怕一半是中國古典詩中的「古風」，一半是西方古典詩中的「無韻體」（blank verse）。這種合璧詩體，如果得手，在節奏上像滾雪球，迴轉不休，有一種磅礡的累積感，比起輕倩靈逸的分段體來，顯得穩重厚實。當然，如果失手，就會夾纏不清，亂成一團。在《隔水觀音》一集裏，我有意無意間想在此體之外，另求發展，其一是回到分段體去，其二是改營短句：〈割盲腸記〉便是一例。目前我正在讀徐霞客和龔定盦，等到「時機成熟」，或可各寫一詩爲之造像，正如本集中企圖爲李白、杜甫、蘇軾造像一樣。這當然還是一種宛轉的懷鄉。

目前我寫的詩大概不出兩類：一類是爲中國文化造像，即使所造是側影或背影，總是中國。憂國愁鄉之作大半是儒家的擔當，也許已成我的「基調」，但也不妨用道家的曠達稍加「變調」；其實中國的詩人多少都有這麼兩面的。另一類則是超文化超地域的，像〈驚蛙〉這樣的詩我也喜歡寫。除了和我的散文〈牛蛙記〉是一胎雙嬰之外，它一空依傍，沒有來歷，純然是現代的產物。有時候，詩人也不妨寫幾篇令學者手忙腳亂的作品。

一九八二年秋末於沙田

洪範文學叢書 ⑨⓪

隔水觀音

著　者：余光中

出版者：洪範書店有限公司
臺北市廈門街一一三巷一七—一號二樓
電話（〇二）二三六五七五七七
傳真（〇二）二三六八三〇〇一
郵撥〇一〇七四〇二—〇
行政院新聞局局版臺業字第一四二五號
法律顧問：陳長文　蕭雄淋
初　版：一九八三年十月（共六印）
二　版：二〇〇八年十月
定價二二〇元
（缺頁破損裝訂錯誤請寄回調換）

ISBN 978-957-674-302-3

國家圖書館出版品預行編目資料

隔水觀音 ／ 余光中著 . -- 二版 . -- 臺北市：
洪範，2008.10
面：　公分 .　--（洪範文學叢書：90）
ISBN 978-957-674-302-3 （平裝）

851.486　　　　97018531